Promotion

—— 平面创意资源库

促 销

通过绝妙的设计创造销售奇迹

graphic IDEA resource

Promotion

Making a Sale with Great Graphics

—— 平面创意资源库

促 销

通过绝妙的设计创造销售奇迹

Renee Phillips

雷尼·菲利普斯　著

韩 燕　马 刚　译

中国轻工业出版社

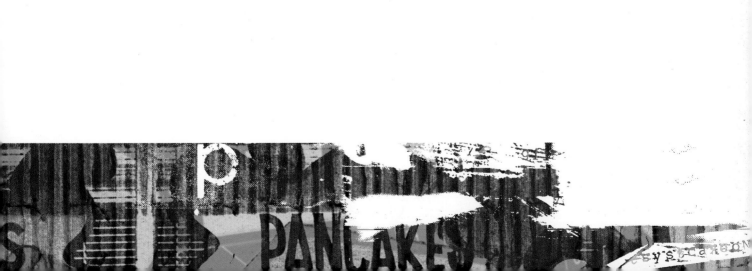

序　言

许多大学教科书（或者广告代理机构的执行、公共关系专家）会告诉你，广告、促销和宣传之间是有差别的。不过，它们都服务于同样的目的，都是为增加销售额而宣扬产品、业务或服务的品质或优点的技巧。广告的全部意义都体现在促销效果上。客户雇用广告代理是为了说服消费者采取行动——他们需要了解某一产品，信任它，并购买。从最简单的饰有商店名字的购物袋，到产品包装、电视商业广告，再到互动的网站，所有的广告就本质而言都是为了宣传，为了引起公众的注意力。

促销广告用于增强消费者的认知力，建立与消费者的关系，促使潜在顾客试用某一产品或光顾某一业务场所，募集慈善捐款，并最终促成一次购买。用于提高知名度的促销，通常采用产品简介或直邮的形式。一次成功的直邮促销品或产品简介能以不寻常的材料、形状、颜色或尺寸来激起人们的好奇心，它会从一大堆普通的邮件中脱颖而出。但是一件成功的促销品不应仅仅吸引注意力，它必须传递给读者信息并唤起反应。

用于与现有的或潜在消费者建立关系的促销品可选用多种形式。一个特别活动的请柬，例如一个盛大的开业典礼或一次特卖，会使现有顾客感觉很受重视，同时给潜在顾客更多诱因，促使其购买某一产品或是寻求更多信息。网站是推广产品或服务的最新、最好的方式之一。它为访问者提供机会，使他可以收集更多信息，他们可以通过普通邮件或电子邮件签约订购，可以在家中购物，并有机会消遣。这些站点也使广告商受益匪浅，他们得以瞬时更新产品，并追踪消费者的偏好与购买行为。

通过促销广告与消费者建立关系还有第二个目的——使消费者有身临其境之感，鼓励他们试用某产品或光顾某商务场所。大多数广告都试图引起即刻的反应，但那种叫嚷着"过来参观"或"给我们一次尝试机会"之类的促销，却不可能促使接受者即刻飞奔到最近的购物中心购买商品。但是如果这种促销广告能够成功，他们会在读者心中更长久地驻足，并在几天甚至几个星期后促使他们做出反应。网络的即时性对这种促销广告而言是一种便利。一个简单的"结账离开本网站"的公告或卡片会引起即刻的反应。

促销活动最明显的动机，就是说服人们将他们的钱交给一个组织。募集慈善捐款和推销某一产品都需要大致相同的方法。当你的组织试图为某个目标筹款时，你就使人们获得了精神利益，去感受与众不同的快乐。从根本上说，他们是在"购买"自尊。当你的促销广告说服一个潜在顾客购买某一产品时，你销售给他们的不仅仅是商品，同时还有这样一种印象，那就是这件产品会改变他们的形象、他们的仪表，甚至他们的生活——你再一次地提升了他们的自尊。

这本书收集的是一些最好的促销品范例，从简单的黑白广告、彩色海报到前沿网站。

COCA—COLA

设计公司 | *Desgrippes Gobe & Associates*
创意指导 | *Peter Levine*
艺术指导 | *Lori Yi*

Desgrippes Gobe & Associates 设计公司的设计师在
1996 年重新设计了这一软饮料的包装。在亚特兰大奥运
会期间，新的平面设计形象随处可见——车体、自动售
货机、旗帜等等，以此将可口可乐作为"奥林匹克迷的
饮料"来推广。

微软 Discovery 巴士

设计公司 | *Sandstrom Design*
艺术指导 | *George Vogt*
设计师 | *Michael Bartalos*
图作者 | *Michael Bartalos*

大胆而艳丽的图画加上广为人知的商标，共同出现在校园巴士那熟悉的车身上，创造出了一个向孩子们推销微软的巨型滚动广告牌。微软 Discovery 巴士是往返于美国学校、图书馆和博物馆之间的孩子们的移动学习中心。

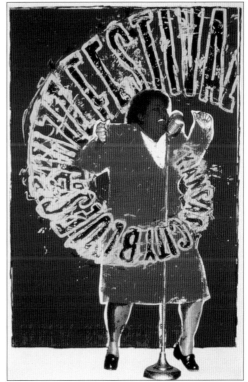

堪萨斯城大型活动海报

设计公司	*Muller & Company*
创意指导	*John Muller*
艺术指导	*John Muller*
设计师	*John Muller，Jon Simonsen，Jason Bey*

团状和泼溅状的油墨及颜料、撕裂效果的纸使得这些海报既可以成为艺术品，又可以作为促销品使用。类似这样的海报为 Muller & Company 公司的设计师提供了一个随心所欲地摆弄字体、大胆的色彩以及制造特殊效果的机会。

设计公司 | *Turner Duckworth*
艺术指导 | *David Turner，Bruce Duckworth*
设计师 | *David Turner*
摄影师 | *Stan Musilek*

这幅海报的强烈视觉效果（还有产品本身的缺席）是为了引起观众的兴趣和好奇，并为产品增加一种神秘色彩。这份视觉资料为观众提供了有关这一饮料的两方面的重要信息：它是含酒精的柠檬水，由真正的柠檬制成；它理所当然是供成年人饮用的。店内海报是这一产品惟一的促销品（除酿造者网站上的公告以外），所以它必须既有感染力又令人难忘。

Briarwood Mall 购物中心广告牌

设计公司　*Perich & Partners*
创意指导　*Ernie Perich*
设计师　　*Carol Mooradian, Carol Pohlsky*
图作者　　*Skidmore, Colorforms*

Perich & Partners 公司的设计师利用易于识别的图形去推广 Briarwood 购物中心，而不是仅仅列出商店的名字或展示可购买的产品。这种不从习俗的方法已经证实了它的有效性——至今为止这一广告牌系列已连续出版了 30 期。

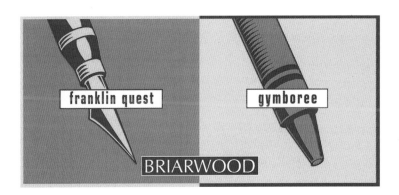

ELISABETH

ANDERSEN

(DRESSES)

Elisabeth Andersen 女装

设计公司 | *Jon Flaming Design*
艺术指导 | *Jon Flaming*
设计师 | *Jon Flaming*
图作者 | *Jon Flaming*

Jon Flaming 想要为他的客户 Elisabeth Andersen 公司的海报（同时也是赠品）创作一个简洁、优雅的形象。这一极简主义风格的设计极为成功，促销活动开始后，客户立刻就看到了销售额的增长。

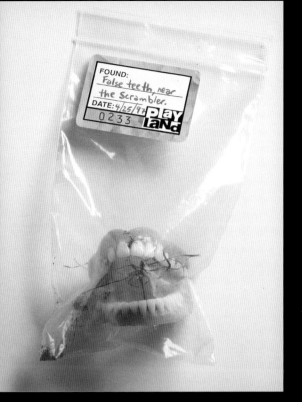

艺术指导   Ian Grais

文案   Alan Russell

Playland 游乐园一大魅力就是它的木质滚轮小铁路——
木质小铁路一般要比铁质小铁路快得多。这些用在候车
亭和广告牌上的设计，将乘坐的刺激与兴奋传递给孩子
和他们的父母。

Roadrunner 在线广告牌

设计公司	*Mad Dogs & Englishmen*
创意指导	*Dave Cook*
艺术指导	*Darren Lin*
文案	*Deacon Webster*

这一广告牌每周更换一次,直到最后所有信息和广告主的名字全部显示出来。任何曾经为从网络下载文件而久候的人,都能领会到激发这一设计的灵感是什么。广告牌被置于交通繁忙地区,这保证了受众的正常数量并提高了促销成功的可能性。

Billboard reveal Week 1

Week 2

Week 3

Week 4

CALIFORNIA RIPE OLIVES GIVE YOU
PLENTY TO SMILE ABOUT

加利福尼亚食用橄榄广告

设计公司 | *Zuckerman Fernandes & Partners*
艺术指导 | *Sebastian Dragnea , Katie Reuter*
文案 | *Alex Ochy, Kim Wilsey*
摄影师 | *Allan Rosenberg*

作为一种概念形态，加利福尼亚食用橄榄的黑色形体，对于这些促销广告和随同的小册子而言不失为完美。这种手段非常成功，直投邮件活动和更多的广告随之得到了开发。

Wondering how to add some
excitement to your menu?
Try California Ripe Olives.

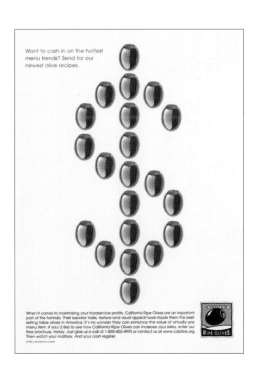

Want to cash in on the hottest
menu trends? Send for our
newest olive recipes.

Christmas

wish everything could be this simple

card

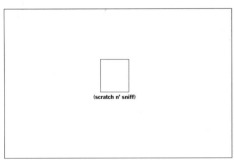

(scratch n' sniff)

Mmmm, there's nothing like the smell of fresh Christmas cards.

Joe Advertising 的圣诞卡和配套物品

设计公司 | *Joe Advertising*
设计师 | *Sharon Occhipinti*

这些有趣的资料在推广 Joe Advertising 这家自由创作公司的同时，也展示了设计师 Sharon Occhipinti 的幽默和风趣。这些促销品不仅生产成本低廉，而且提醒客户注意设计师利用一些简单材料制造冲击力的能力以及创造天才。

Official restaurant of the NBA.

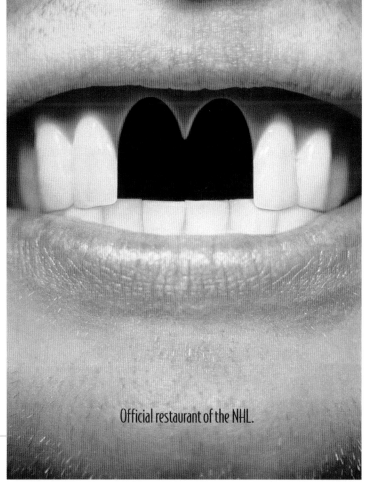

Official restaurant of the NHL.

麦当劳的曲棍球和篮球广告

设计公司 *Palmer Jarvis DDB*
艺术指导 *Chris Staples*
设计师 *Dean Lee*
图作者 *Marc Stoiber*

这个客户的企业标识是如此有力,以至于设计师觉得他们
甚至不需要在广告中使用客户的名称,这些推销麦当劳的
设计,使用在运动场入口处的海报上和竞赛程序表上。

Crime Stoppers 的广告

设计公司 *Palmer Jarvis DDB*
创意指导 *Chris Staples, Ian Grais*
艺术指导 *Ian Grais*
文案 *Alan Russell*

一个熟悉的形象——缺失的拼图块,意在询问受众是否能够帮助"防止犯罪机构 (Crime Stoppers)"解决犯罪问题,这些海报将被置于候车亭,所以 Palmer Jarvis 公司的设计师知道它们必须给人留下强烈的印象。

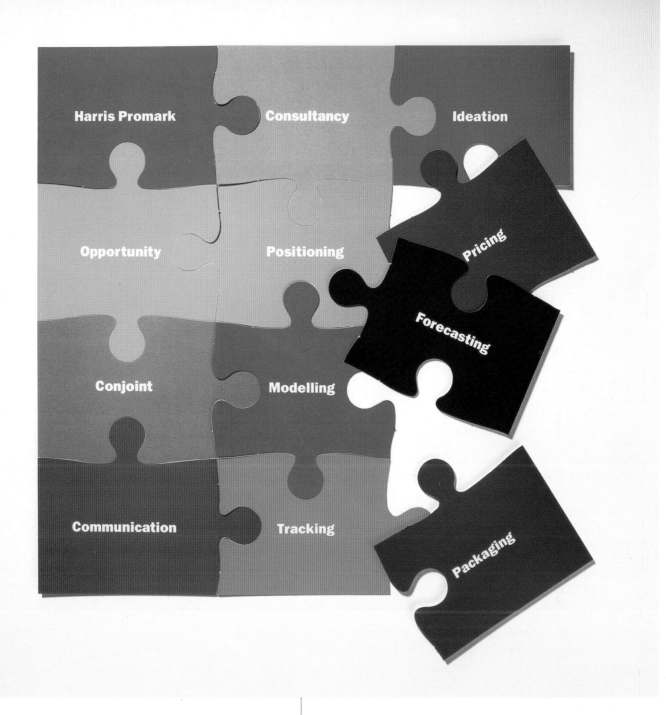

Harris Promark 拼图板

设计公司 | *Atelier Works*
艺术指导 | *John Power*
设计师 | *Ben Acornley*
排印 | *Ben Acornley*

这一色彩丰富的拼图板被作为直投邮件发送出去,同时也在贸易展览会上分发给参观者,每一片拼图块都推销了客户 Harris Promark 公司提供的一项服务。委托人 Harris Promark 提供与医药产品上市相关的研究与咨询服务。这一设计非常令人难忘,图片之间的互动也增强了促销的有效性。

Dr．Martens 的印刷广告和海报

设计公司	*PYRO*
设计师	*Evic Tilford*
文案	*Todd Tilford*
摄影师	*James Schwartz*

Doc Martens 已经从一个"替补"品牌演变成为主流产品
这些极简主义风格的广告和海报鼓励穿着者不去从俗。
觉效果尖锐的摄影和特殊的字体处理,都有助于提醒观
想到这一品牌的独特性。

THE WORLD IS FULL OF GENERIC,
MASS PRODUCED, HOMOGENIZED
PRODUCTS. DON'T BECOME ONE.

09281 03171

Muzak 销售手册

设计公司 *David Lemley Design*
艺术指导 *David Lemley*
设计师 *David Lemley*
图作者 *David Lemley , Steffanie Lorig*

Muzak 提供的产品并不仅限于电梯音乐，但是他们的大多数听众却对此有所不知。David Lemley Design 设计公司开发了这一极富潜能的营销手册，上面满布热烈的色彩和形象，以此来推广客户所能提供的各色各样的服务。

Spur Design 自我推销手册

设计公司 | *Spur Design*
艺术指导 | *David Plunkert*
设计师 | *David Plunkert*
摄影师 | *Geoff Graham，Edward Matalon，Michael Northrup*
文案 | *Alan Schulman，David Plunkert*

这份双面册子是 Spur Design 公司的首件重要促销品。设计师使用了三种不同的纸，并将页面设计成单色、双色、三色和四色，以此显示公司处理色彩设计的能力。

Cha Cha 美容美发厅的海报／邮寄广告

设计公司 *Planet Design Company*
设计师 *Kevin Wade Darci Bechen*
文案 *John Besmer*

这份419mm×648mm (16.5 in × 25.5 in) 的海报可以
被拆分成12片，每一片都可作为单独的小海报或广告卡。
设计师发明这些可分开的卡片是将其作为直邮明信片，当
海报被裁成12片独立的画片时，只需在直邮明信片上写
上地址就可将其邮寄出去。

Miller Genuine Draft 促销品

设计公司	*Planet Design Company*
创意指导	*Lori O' Projects，Planet Design Company*
设计师	*Kevin Wade，Martha Graettinger*
文案	*Lori O' konek ，John Besmer*
录像	*Lori O' Projects*

客户要求促销品要与该产品电视广告的风格保持一致，粗大的字体和沙砾般效果的照片显然能达到这种效果。这些促销品包括折叠介绍页、销售单、附加的封套以及销售录像的标签，所有这些都用铝质的活页钉装订。

Jones Intercable 邮寄广告

设计公司	*Vaughn Wedeen Creative*
艺术指导	*Steve Wedeen*
设计师	*Steve Wedeen ，Daniel Michael Flynn*
图作者	*Daniel Michael Flynn ，Kevin Tolman ，Lendy McCullough*

大胆的用色、有趣的边饰、狂欢节海报风格的字体组合，
使得这家电报公司的促销信函看起来友好而引人注目。正
文中使用猜字画谜的方法，给人以不拘小节的感觉。

Ameriserve 食品管理公司直邮物品

设计公司 | *Webster Design Associates, Inc.*
艺术指导 | *Dave Webster*
设计师 | *Phil Thompson*
图作者 | *Phil Thompson*

Ameriserve 是一家提供营养方案的公司，这个巧妙的邮件箱与公司整体平面促销品相配搭。新鲜的苹果强调了公司的标语——"Food for thought"。

Cable Service Group 沙漠绿洲邮件

设计公司 | *Webster Design Associates, Inc.*
艺术指导 | *Dave Webster*
设计师 | *Dave Webster, Phil Thompson*

这一互动促销需要接受者做一点点工作，他们得去拔掉瓶塞，展开纸条来阅读信息。这件作品被发送给企业管理者，邀请他们参加一个全新软件系统的特别展览会。瓶子的玻璃上蚀刻有产品的名字，以此来进一步推广这一产品。

THROWING THIS THROUGH YOUR WINDOW DIDN'T SEEM LIKE A GOOD WAY TO FOSTER OUR RELATIONSHIP.

Let it also be noted that cookies, cakes and candies don't really do anyone any good either. So, instead of the usual fat-filled goodies, money has been donated to Habitat for Humanity, a nationwide non profit organization which builds housing for people in need.

HAVE A SAFE AND HAPPY HOLIDAY!

Sheehan Design

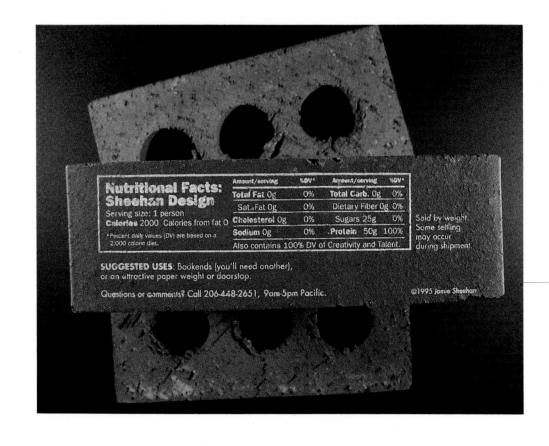

Nutritional Facts: Sheehan Design

Serving size: 1 person
Calories 2000 Calories from fat 0

*Percent daily values (DV) are based on a 2,000 calorie diet.

Amount/serving	%DV*	Amount/serving	%DV*
Total Fat 0g	0%	Total Carb. 0g	0%
Sat. Fat 0g	0%	Dietary Fiber 0g	0%
Cholesterol 0g	0%	Sugars 25g	0%
Sodium 0g	0%	Protein 50g	100%
Also contains 100% DV of Creativity and Talent.			

Sold by weight. Some settling may occur during shipment.

SUGGESTED USES: Bookends (you'll need another), or an attractive paper weight or doorstop.

Questions or comments? Call 206-448-2651, 9am-5pm Pacific.

©1995 Jamie Sheehan

设计公司　*DHI (Design Horizons International)*
艺术指导　*Kim Reynold*
设计师　　*Kim Reynolds, Mike Schacherer*
图作者　　*Krista Ferdinand*

许多设计公司都会在节日期间送给客户礼物，这样做既
是为了表示感谢，同时也是推广自己公司的一种方式。
DHI 公司为每一位接受者分别设计了礼品包装纸，这样
的节日礼物既令人难忘又非常实用。

节 日 促 销

设计公司　*Sheehan Dešign*
艺术指导　*Jamie Sheehan*
设计师　　*Jamie Sheehan*

如同砖上的文字所言，设计师不想在节日送给客户一
篮子平常的高油脂食物，取而代之的是，由委托公司
出钱向"人类栖息地组织"（Habitat Humanity）捐
款。白色的正文用丝网印技术印在每一个砖块上，砖
块用精致的纸包裹着，并由快信投递员送至当地客户
手中。

设计公司　*DHI(Design Horizons International)*
艺术指导　*Victoria Huang*
设计师　　*Victoria Huang*

拼贴一般的效果,大胆的色彩搭配,与一个小礼物一起组合成了这件DHI公司的夏季促销品。盒内的飞盘和一张小促销卡被装在一个小口袋中,口袋的标签上印有收件人的名字。

ACI ATM NETWORK 促销

设计公司　*Webster Design Associates,Inc.*
艺术指导　*Dave Webster*
设计师　　*Dave Webster,Todd Eby*
图作者　　*Todd Eby*

这件促销品面向40~50岁的男性管理人员,目的是推销一种新的自动取款机处理程序,包装礼品的盒子被设计成一叠钞票的样子。遥控玩具"保时捷"汽车强化了促销品所要传达的"获得控制权"的信息。

果酱节日邮件

设计公司	*Webster Design Associates, Inc.*
艺术指导	*Dave Webster*
设计师	*Dave Webster*
排印	*Dave Webster*

这家公司要传达的主题是他们随时愿意帮助客户"脱离困境（成语OUT OF A JAM）"。所以一小瓶果酱似乎成了将这一信息传递给客户的最佳节日邮件。邮件箱外部和果酱上的标签进一步突出了这一双关诙谐语（注：在英语中"困境"与"果酱"是同一个词）。

Inacom Network 促销

设计公司　*Webster Design Associate, Inc.*
艺术指导　*Dave Webster*
设计师　　*Julie Findley, Dave Webster*
图作者　　*Julie Findley*

设计这个狗舍形的盒子是用来建立产品的知名度，同时劝说计算机经销商参与一项由公司主办的出租活动。包装盒的形状、塞入盒中的玩具以及印有"咬住红利（sink your teeth into profits）"和"远离冷遇（keep out of the doghouse）"的卡片强化了所要传达的信息，并使它非常令人难忘。

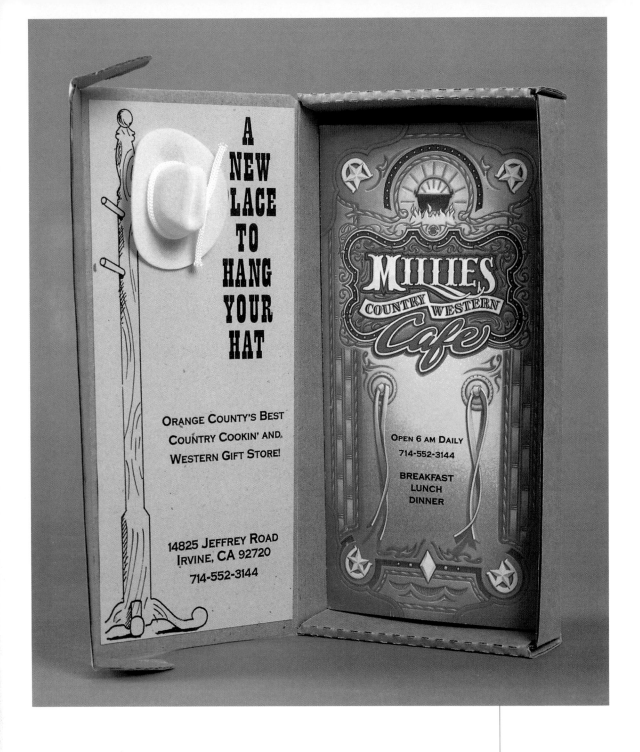

Millie's 饭店请帖及菜单

设计公司 | *MYISEE Designery*
艺术指导 | *Rick Mysse*
设计师 | *Rick Mysse*
图作者 | *Rick Mysse*
摄影师 | *Jim Dailey*

设计这件特殊的促销品是为了向市政府官员及当地企业介绍一家新开张的餐馆。小木箱的尺寸正好能装入一份印刷好的迷你菜单。一顶小牛仔帽悬挂在印制的衣架图案上，从而增加了促销品的空间感。

Blue 海报

设计公司 *Sagmeister Inc.*
设计师 *Stefan Sagmeister*
艺术指导 *Stefan Sagmeister*
摄影师 *Tom Schierdite*

设计师构思了各种"蓝色"概念去推销这家服装店,蓝色
——蓝天、蓝丝绒等等。因为没有聘请模特的经费预算,
设计师只得为这些海报找出非同寻常的解决方法。设计师
的朋友们自愿充当模特,并利用纸袋和相册封面掩饰自己
的容貌。

Programart 25 周年聚会

设计公司 | *Carol Lasky Studio*
艺术指导 | *Carol Lasky*
设计师 | *Erin Donnellan*
图作者 | *Erin Donnellan*

葡萄酒瓶和 ˝25 周年聚会˝ 的请柬上都使用了印花标签，这实际上是一个公司范围的集会。葡萄酒瓶、请柬和瓶塞钻被装在一个塞满玻璃纸和节日丝带的、有金属光泽的袋中。

Jim Beam Brands Cancun 城聚会请柬

设计公司 | *Sayles Graphic Design*
艺术指导 | *John Sayles*
设计师 | *John Sayles*
图作者 | *John Sayles*

Sayles Graphic Design 平面设计公司使用了一些价廉的原料为在 Cancun 举行的公司聚会设计请柬。产品标签和样品由客户提供,四色明信片由明信片印刷公司印制,薄棉布袋子由设计公司染色并网印。因为只需要75份请柬,所以这样密集的精细手工对设计公司而言并不是太难的事情。

自我促销明信片

设计公司 | Design Center
艺术指导 | John Reger
设计师 | Sherwin Schwartzrock

这款促销明信片系列的每一张都是两色双面印刷，使用无涂层卡纸。设计师将砂纸、创可贴、孔眼和订书钉加诸明信片上，以使艺术品引人注意并增加每张明信片额外的空间感。

NOW AT WARNER CENTER AMC 16.

OUR PEPPERS ARE SO FRESH, THEY ARE STILL WARM FROM THE SUN.

Baja Bud's
DEL NORTE

WINNETKA AND VENTURA

NOW AT WARNER CENTER AMC 16.

BEST TACO IN THE CITY.
—RICK DEES
KIIS FM

Baja Bud's
DEL NORTE

WINNETKA AND VENTURA

Baja Buds 海报活动

设计公司 | *Mike Salisbury Communications*
艺术指导 | *Mike Salisbury*
设计师 | *Mary Evelyn McGough*

强烈的连续感和有效的产品商标将这些海报连结在一起。每张海报上大胆的插图、简单的字体以及紧凑的信息，都让顾客清楚地知道他们将会从这家有名的墨西哥餐馆中得到什么。

The guacamole is so fresh, the avocados still think they're on the trees.

Baja Bud's
DEL NORTE

John Sayles 商标手册

设计公司 | *Sayles Graphic Design*
艺术指导 | *John Sayles*
设计师 | *John Sayles*
图作者 | *John Sayles*

为了推销它的企业识别作品，Sayles Graphic Design
平面设计公司设计了这本小巧的样品册。商标图案以及
与之相配的标题用红色印刷在白卡纸上，封面也一样。
封面上还粘上了一颗金星，这样既是为了插入第二种颜
色，也是为了提升手册中作品的品质感。

"Gizmo" 节日促销

设计公司   *Vaughn Wedeen Creative*
艺术指导   *Rick Vaughn*
设计师   *Rick Vaughn*
摄影师   *Michael Barley*

这件像是新型玩具的被称为小发明的东西（广告语是"乐趣无穷的组装玩具"），实际上是 Vaughn Wedeen Creative 公司的一件节日促销品。一个装饰有印花标签的软木质茶叶罐内装着一些小玩艺和玩具，还有设计师提供的节日信息。

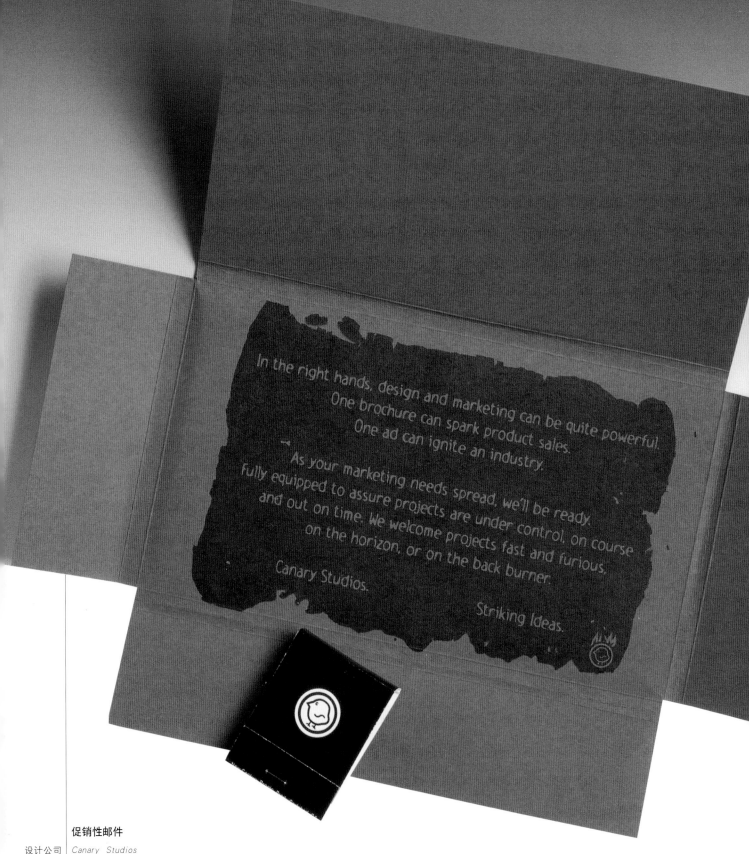

促销性邮件

设计公司 | *Canary Studios*
艺术指导 | *Carrie English，Ken Roberts*
设计师 | *Ken Roberts ，Carrie English*
图作者 | *Carrie English*

单色的软木浆制盒子上印着能诱使读者打开包装的有趣信息。内部一盒火柴或者一件文身花样之类的所费不多的小饰物有助于强化促销品的概念。只要将成品的盒子折叠，封口，就可将其邮寄给现有和潜在的客户。

Now available
whenever
you log on:
Mires Design.

We've been doing it since 1983.
(Some say we've gotten pretty good.)

www.miresdesign.com

Scott Mires, to be exact.
He's the founder of our company.
If you like what you see, e-mail
him from our online portfolio.
Or simply call: 619-234-6631.

As in communications,
created to build brands,
drive sales and, yes,
even promote the
occasional web site.

网站促销明信片

设计公司 | *Mires Design*
艺术指导 | *John Ball*
设计师 | *John Ball，Gale Spitzley*

设计这张促销明信片是为提高公司网站的访问流量，它
的生产和分销成本比手册、海报甚至传统的推销信还要
低。改变方向的字体和特大的版式使人的注意力集中到
卡片上来。

自我促销／作品集

设计公司	*DHI(Design Horizons International)*
艺术指导	*Bryan Sanzotti*
设计师	*Janan Cain*
图作者	*Janan Cain*
摄影师	*Aldus Sauley*

这个装有"优秀设计精选"的盒子是作为一件介绍性促销品发送给潜在客户的。公司设计作品的幻灯片用订书钉订着并附上标签，看上去像茶叶袋，然后装入包装袋中。这些包装袋对每件精选作品都做了说明。

季节性销售粘贴签

设计公司	*Lambert Design*
艺术指导	*Christie Lambert*
设计师	*Joy Cathy Price*

Lambert Design 公司设计了他们自己的节日礼品签送给客户和朋友。这 9 张礼品签印刷在粘性贴纸上，并用裁纸器裁开。双联的粘有标签的卡纸被裁开后由手工折叠。卡片的前面和里面都装饰有标签，里面的标签则带有公司标志和概念性的信息。

自我促销明信片

设计公司	*Stewart Monderer Design, Inc.*
艺术指导	*Stewart Monderer*
设计师	*Robert Davison, Jane Winsor*
图作者	*Richard Goldberg*

这一系列共6张特大明信片，目的是为了推销不同的设计手法并展示公司的创造力。明信片以两个月为一个周期，邮寄给潜在客户。

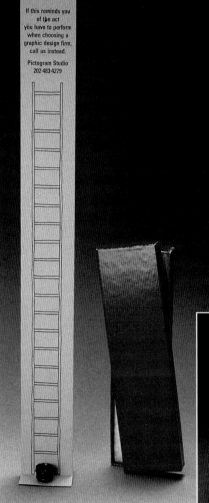

自我促销

设计公司	*Pictogram Studio*
艺术指导	*Hien Nguyen*
设计师	*Hien Nguyen, Stephanie Hooton*

这套促销品用独特而亮泽的红色盒子包装，每隔2周或3周会有一件促销品发送给潜在客户。每件促销品都用一个小塑料玩具吸引人的注意力，玩具下面则是一些信息。

Rick Gayle 节日 "欢乐" 促销

设计公司 | *Richardson or Richardson*
艺术指导 | *Debi Young Mees*
设计师 | *Debi Young Mees*
文案 | *Valerie Richardson, Debi Young Mees*

Richardson or Richardson 公司的设计师希望职业摄影师 Rick Gayle 的邮件能从大多数摄影师发送的寻常物品中脱颖而出。因此他们设计了一条简单的欢庆节日消息，并附上一盒 "欢乐" 牌清洗剂。

Pacific Privilege 促销邮件

设计公司 | Kan Tai-Keung Design & Associates Ltd.
艺术指导 | Freeman Lau Siu Hong, Eddy Yu Chi Kong
设计师 | Freeman Lau Siu Hong, Eddy Yu Chi Kong, Janny Lee Yin Wa
摄影师 | C.K. Wong

这个促销邮件是为了吸引顾客到一个餐饮娱乐俱乐部
来。邮件内的纸环上套着一张纸餐巾,抽出并展开餐巾
则现出一封关于这家新俱乐部的简介信。

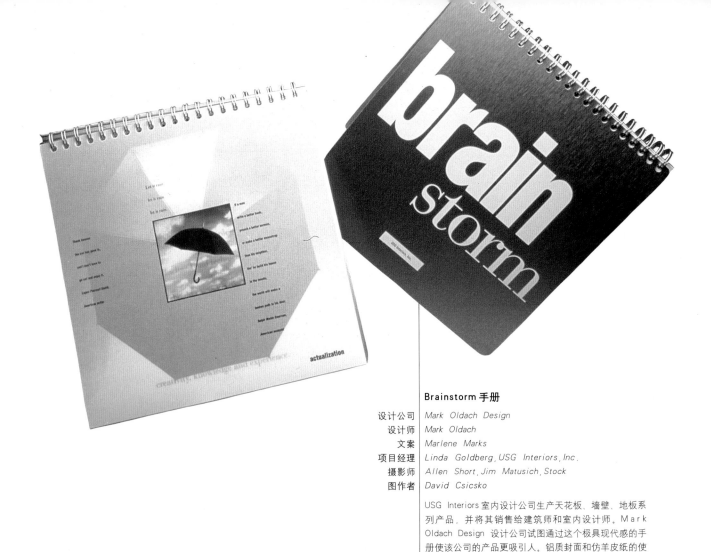

Brainstorm 手册

设计公司	*Mark Oldach Design*
设计师	*Mark Oldach*
文案	*Marlene Marks*
项目经理	*Linda Goldberg, USG Interiors, Inc.*
摄影师	*Allen Short, Jim Matusich, Stock*
图作者	*David Csicsko*

USG Interiors 室内设计公司生产天花板、墙壁、地板系列产品，并将其销售给建筑师和室内设计师。Mark Oldach Design 设计公司试图通过这个极具现代感的手册使该公司的产品更吸引人。铝质封面和仿羊皮纸的使用，使这本手册变得非常独特。

U S West 展示活动

设计公司	*Vaughn Wedeen Creative*
艺术指导	*Steve Wedeen, Rich Vaughn*
设计师	*Steve Wedeen, Rich Vaughn*

这家公司要为 U S West Communication 公司内一流演员举办的庆祝活动创作主题及资料。设计的资料包括一张请柬、一份日程表、一个先期抵达的用品箱，还有一本指南。水晶球和一本说明册被装在一个与之配套的盒子内，并作为一份小礼物放在参加者的旅馆房间内。

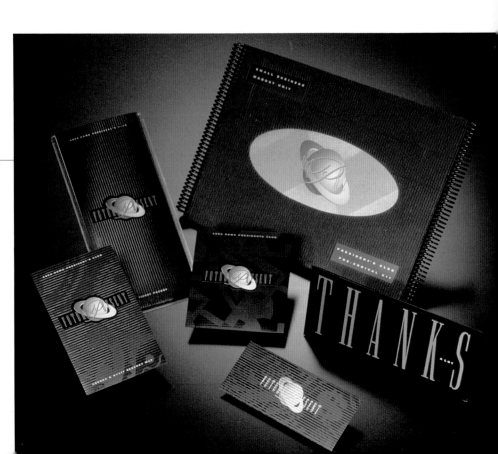

节日自我促销

设计公司　Vaughn Wedeen Creative
艺术指导　Steve Wedeen, Rick Vaughn, Daniel Michael Flynn
设计师　　Daniel Michael Flynn, Rich Vanghn, Nicky Ovitt
图作者　　Bill Gerhold, Nicky Ovitt

在节日期间，食品和葡萄酒作为礼物总是很受人们欢迎的。Vaughn Wedeen Creative 公司的职员知道怎样使他们的礼物给客户和卖主眼前一亮的感觉。他们用手组装了装满小片食物、沙拉、醋瓶和酸辣酱瓶的板条箱，他们为葡萄酒瓶设计了自己的标签和包装，他们还用手涂写了盛曲奇的容器。这些礼品虽然是劳动密集型产品，但是它们却使公司的礼品从其他公司平常的礼物中脱颖而出。

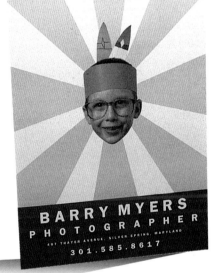

Barry Myers，摄影师促销

设计公司 | *Ashby Design*
艺术指导 | *Neal M. Ashby*
文案 | *Neal M. Ashby, Stuart Miller*
摄影师 | *Barry Myers*

20世纪50年代早期的直邮广告，为推销摄影师Barry Myers的这一独具创意的系列宣传品提供了灵感。与每件广告印刷品一同发出的还有标记着摄影师名字的办公用品——日历、铅笔、尺子。通常摄影师的促销品是一些经过巧妙安排的漂亮照片，而本品的客户却想要从这一框架中脱离出来。

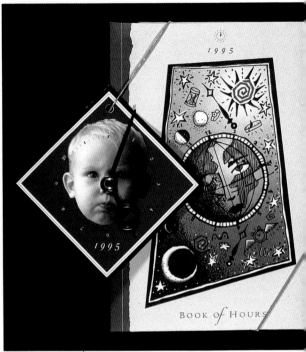

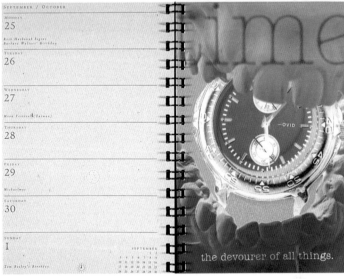

Book of Hours 节日促销

设计公司	*Osborn & Delong*
艺术指导	*Victoria Szymcek*
设计师	*Victoria Szymcek*
图作者	*Victoria Szymcek, Doug Delong, Jane Osborn, Te Jasperson, AL Fleener, Christine Schuring*
摄影师	*Christopher Kemp*

这家设计公司的职员为这次节日促销做了大量的手工
用带钟表图案的贴画为书页加上页标，将造型奇妙的
术品粘在封面上，将钟表指针加在卡片上，等等。这
手工劳动创造出了一件非同寻常的礼物，也充分展示
设计人员的才能。

Fine Paper 致谢卡

设 计 公 司	*Trickett & Webb*
艺 术 指 导	*Brian Webb, Lynn Trickett, Martin Cox*
设 计 师	*Martin Cax*
图作者	*Trickett & Webb*

这张致谢卡被非常巧妙地装在一个圆锥形折纸中,以此来暗示一束鲜花。卡片使用了激光刻制技术来增加趣味。

自我促销商标册

设计公司 | *Interface Designers*
艺术指导 | *Sergio Liuzzi*
设计师 | *Andre de Castro , Gustavo Portela*

这件促销品展示了设计公司多年来所创作的100个商标。塑料封面和黄铜质装订钉不仅引人注目，还使册子更不易损坏。

Taylor Guitars 服装商标

设计公司 | *Mires Design*
艺术指导 | *Scott Mires*
设计师 | *Miguel Perez*
图作者 | *Michael Schwab*
书法 | *Judythe Sleck*

客户需要为他们的品牌服装产品线设计一个外观简洁的促销识别系统。这种剪影风格的艺术形象和笔迹，为该品牌创造了一个强烈的视觉形象。

设计作品集

设计公司	*Ana Couto Design*
艺术指导	*Ana Couto*
设计师	*Ana Couto, Natascha Brasil, Roberta Gamboa*
摄影师	*Pedro Lobo*

GE/GNA Market Solutions 海报

设计公司	*Hornall Anderson Design Works*
艺术指导	*Lisa Cerveny*
设计师	*Lisa Cereny, Jana Wilson Esser, Virginia Le*
摄影师	*Robin Bartholick*

强烈的视觉形象,对比色与简单易辨的字体组合在一起,为这些财务海报创造了一种吸引人的设计。这种直接的视觉形象 —— 一个大大的美元符号和一幅利润增长图,充分传达了财务安全的信息。

Circle Space Interactive 海报

设计公司 | *Amoeba Corporation*
设计师 | *Steve McArdle，Michael Kelar*
三维动画制作 | *Steven McArdle*

Toronto's Circle Space Interactive 的这张促销海报利用黑暗的背景,一些从属形象的拼贴以及多种字体的组合来吸引观看者的注意力,并激起他们的好奇心。将手写体、普通无衬线字体与轮廓僵硬的数字化字体组合在一起,有助于使整个设计变得温和。

Wedgwood 企业识别作品

设计公司 | *The Partners*
项目经理 | *Charlotte Blackburn*
艺术指导 | *Aziz Cami*
设计师 | *Nina Jenkins*
图作者 | *Michael Pratley*

Wedgwood的这款新的识别设计，是为了迎合大众告别拘泥的娱乐形式向随意性的聚餐活动转变的趋势。人们熟悉的Wedgwood的设计元素——如蓝色调、金箔等仍被保留，但整个设计更为简洁，对华丽装饰的依赖性更小。

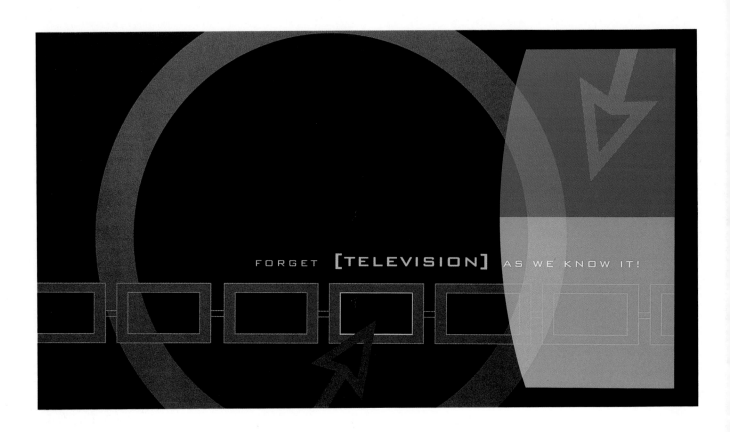

FORGET [TELEVISION] AS WE KNOW IT!

HDTV 促销品

设计公司
设计师

Grafik Communications
Johnny Vitorovich , Gath Superville , Gregg Glaviano ,
Judy Kirpich

这件推销高清晰度电视机的促销品鲜明悦目,它利用对比
色,色块和带有指向作用的图形,来将观者的视线引至封
面的中心。包装上更多的指示符则使读者的目光聚集到页
面信息上。

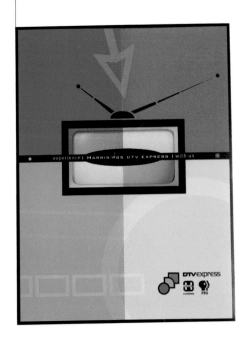

BLACK MARIA *film and video festival*

100 Kirkbride•Shows at 4:30pm and 7:30pm•Sponsored by the Department of Art and the Faculty Senate Committee on Cultural Activities and Public Events

乳品促销品

设计公司 | *Grafik Communications*
设计师 | *Johnny Vitorovich，Judy Kirpich*
摄影师 | *Peter McArthur，David Sharpe*

设计师以一种独特的方式展示我们所熟悉的乳制品形象，这使得这些促销品的封面很打动人。色块的大胆应用使促销品的主题变得有生气了。

Shonan Brand Shoreline Village 度假村明信片

设计公司 | *Mihama Cteative Associates*
艺术指导 | *Kimihiko Yoshimura*
设计师 | *Kazumi Ohtani，Kimihiko Yoshimura*
图作者 | *Kazumi Ohtani*

设计这些颇引人注目的图片,是为了捕捉海滨胜地的惬意感觉。这套明信片不仅使人回忆起海滨暖暖的夏日,它们本身也称得上是迷你艺术品。

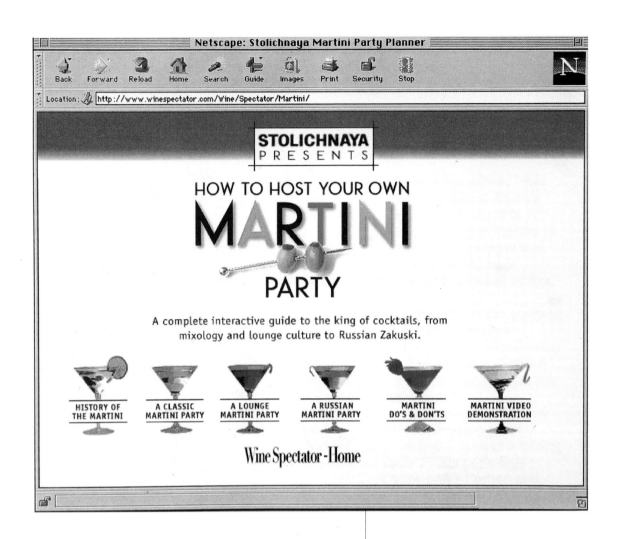

Stolichnaya Vodka Martini 网站

设计公司 | *M.Shanken Communications,Inc., In—house Art Department*
艺术指导 | *Ellen Diamant*
设计师 | *Ellen Diamant*
摄影师 | *Courtney Grant Wilson*
风格设计 | *Susan Dettavenon*

这个马丁尼酒网站是为 *Wine Spectator* 杂志的读者而设计的。它使用了明亮的色彩,少许简单图形以及迷人的标题,将读者进一步吸引到这个站点上来。以线条相隔的简洁字体,使得该站点的导航钮看起来更加精致。

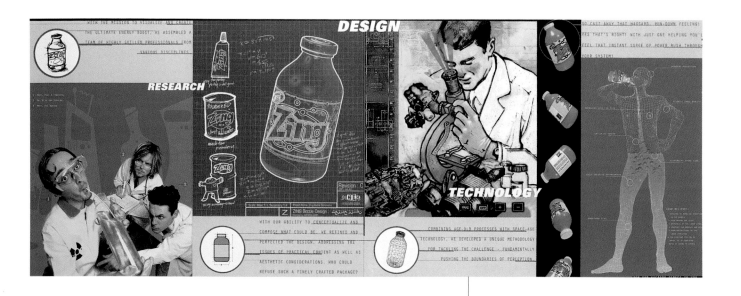

Zing 自我促销手册

设计公司	*Amoeba Corporation*
艺术指导	*Michael Kelar，Miley Richardson*
设计师	*Michael Kelar*
图作者	*Mikey Richardson，Steve McArdle*
摄影师	*Nation Wong*

这本手册使用了20世纪50年代风格的形象、元素和概念来推销一种新产品Zing（事实上是一家设计公司）。手册承诺，这家公司的设计理念艺术及设计能力将使客户的平面设计焕发新的活力。

Keep It Weird 海报

设计公司 | *Amoeba Corporation*
艺术指导 | *Michael Kelar*
设计师 | *Michael Kelar*
三维动画制作 | *Steve McArdle*

加拿大的YTV是一家吸引年轻观众的电视台。这张海报上的三维电视图案、疯狂的字体、抽象的图形、动感的背景以及有韵律的色彩，都是推销这家电视台再合适不过的设计要素。海报角上那只巨大的苍蝇则是在YTV促销中重复出现的形象。

Larry Hansel 宣传册

设计公司 | *Hal Apple Design*
艺术指导 | *Hal Apple*
设计师 | *Andrea del Guercio , Alan Otto*
摄影师 | *Sean Bolger*

独特的包装，模切的封面，附有照片的仿羊皮纸插页，将
这位摄影师的宣传册造就成一件特别成功的促销品。客户
希望它看起来华贵，性感而又时髦。彩色纸张、漂亮模特
以及材质的丰富多彩，使这本宣传册实现了客户的预想。

Gocard 促销盒

设计公司　*Mires Design*
艺术指导　*John Ball*
设计师　　*John Ball，Eric Freedman，Gale Spitzley*

委托人想要一种性感的展示，所以设计小组提供了这个装有信息手册和明信片样品的促销盒，其中卡片是在时髦的餐馆和商店里分发的广告卡。这个促销盒被发送给媒体客户和广告代理。

L'OREAL Diacolor 手册、明信片与展示品

设计公司 | Ana Couto Design
艺术指导 | Ana Couto , Natascha Brasil
设计师 | Natascha Brasil , Cristiana Nogueira
摄影师 | Lisle Borges , Ricardo Cunha (L`Oreal)

Ana Couto Design 设计公司的设计师使用了多种设计元素，来传递这种染发剂带给人的柔和与温暖的感觉。独特的曲线造型的明信片与几乎是双色调印刷的照片组合在一起，创造了这种温暖的效果。就连模特的头部镜头也使用了少量类似光环的色圈加以柔化。

YOU'RE NOT DRUNK.
YOUR HAIR REALLY DOES
LOOK LIKE SHIT.

ANDREW
PEABODY
Hair Salon

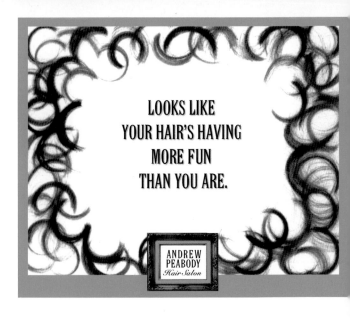

LOOKS LIKE
YOUR HAIR'S HAVING
MORE FUN
THAN YOU ARE.

ANDREW
PEABODY
Hair Salon

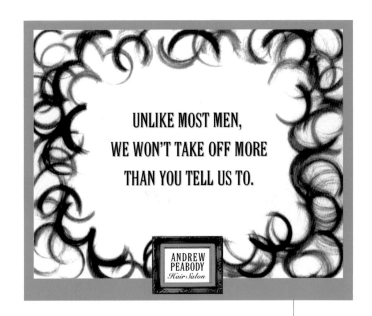

UNLIKE MOST MEN,
WE WON'T TAKE OFF MORE
THAN YOU TELL US TO.

ANDREW
PEABODY
Hair Salon

SHE WASN'T
LAUGHING AT YOUR JOKES.
SHE WAS LAUGHING
AT YOUR HAIR.

ANDREW
PEABODY
Hair Salon

Andrew Peabody 美发沙龙

设计公司 | *Turkel Schwartz & Partners*

这家设计公司使用了一种独特的手法来设计这些海报,它们实际上是准备放置在夜总会里浴室镜子上的粘贴用标签(设计师买通了一些夜总会的保安人员来安放这些标签)。由于这些广告将在酒吧和夜总会里使用,故而设计师可以使用非同寻常的设计稿。

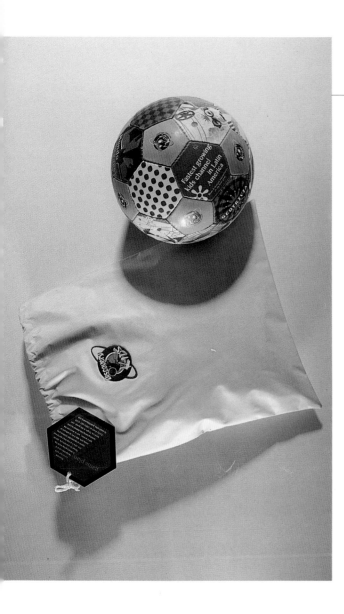

Discovery Kids／Latin America 促销品

设计公司 *Turkel Schwartz & Partners*

为了向美国的媒体客户推广Discovery Kids 频道在拉丁美洲的问世，Turkel Schwartz & Partners 发放了一些促销盒。这个盒子内装着一块大号磁铁以及很多象征用户的磁化小玩具娃娃。这些物品将 Discovery Kids 作为"业内高效能儿童吸引剂"（industrial strength kid attractant）来推销。

At our membership picnic, the temptations are divine.

This Monday, Bet Shira is going to recreate history with a picnic you won't be able to resist. We'll be serving hot dogs, hamburgers and all the traditional picnic goodies. And all for the purpose of getting the chance to meet you and show you our wonderful new conservative congregation.

Bet Shira is the warm, community-minded synagogue where you and your family are always welcome. Our Senior Assembly, Men's Club, Sisterhood, Young Couples and numerous youth activities are just a few of the places where you'll fit right in.

Please make it a point to come and join our membership picnic this Monday at around one p.m. And don't forget our S'lichot Reception and Services, this Saturday night at 9:45 p.m. Or call us at 238-2601.

Our doors, and our hearts, are open.

BET SHIRA
The Contemporary Conservative Congregation

For information on membership, day or religious school programs call 238-2601
7500 SW 120th Street, Miami.

Some of our textbooks have been on the best seller's list for over 5000 years.

At Bet Shira, your kids will learn a lot more than just reading, writing and arithmetic. They'll learn what it means to be Jewish. The way their heritage, history and religion affect their lives. And the lives around them.

To discuss how our schools can enrich your child's education and life, please give us a call. Or visit our new sanctuary at our get-acquainted brunch this Sunday around ten a.m.

But please remember that our history classes are a little bit harder than most. After all, we've got 5,000 years to teach. *Rabbi:* David H. Auerbach, *Cantor:* Stephen Freedman

BET SHIRA
The Contemporary Conservative Congregation

For information on membership, day or religious school programs
call 238-2601 or visit us at 7500 SW 120th Street, Miami.

If you don't think your kids belong in our Jewish day school, don't worry, you're not alone.

At Bet Shira, your kids will learn more than just reading, writing and arithmetic. They'll learn what it means to be Jewish. The way their heritage, history and religion affect their lives. And the lives of those around them.

Please call us at 238-2601 to discuss how our schools can enrich your child's life. Or visit our new sanctuary at our get-acquainted brunch this Sunday around ten a.m. Our doors, and our hearts, are open.

BET SHIRA
The Contemporary Conservative Congregation

Designing Eye 海报

设计公司 | *Turkel Schwartz & Partners*

Designing Eye 是为如 Sylvester Stallone 及其他名人这样的顾客生产订制家具的制造商。但是很遗憾，这家公司却不能在广告中提及这些名人的名字。因此设计师使用了产品特写及略微扭曲的标题来解释委托人的设计哲学。

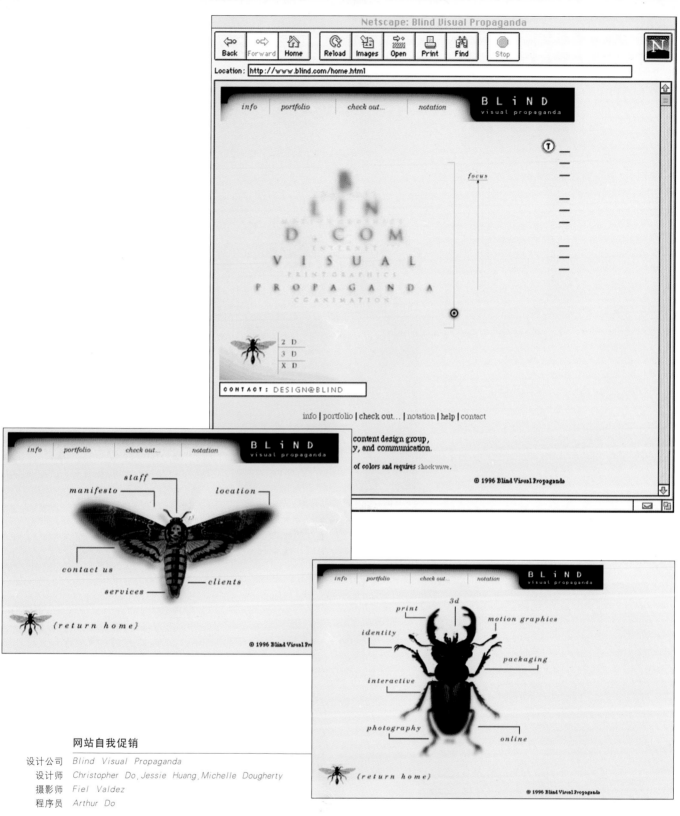

网站自我促销

设计公司	*Blind Visual Propaganda*
设计师	*Christopher Do, Jessie Huang, Michelle Dougherty*
摄影师	*Fiel Valdez*
程序员	*Arthur Do*

冲击波式的按钮和滑动条使得 Blind Visual Propaganda 公司的首页具有高度的互动性。其中滑动条可以改变访问者看到的画面，而小按钮被点击后，一竖列破折号则变成公司的电话号码。这些视觉上的意外惊奇给网站访问者带来很强的反馈欲和控制感。

Eye Candy 促销网站

设计公司 | *New Media Development Group*
设计师 | *Josh Ulm*

在Eye Candy网站是展示一些构思巧妙的网站的所在。首页上是有关站点设立意图的说明,随后的网页上则展示着与其他网站的链接,并提供了一份告知访问者网站最新内容的订阅单。

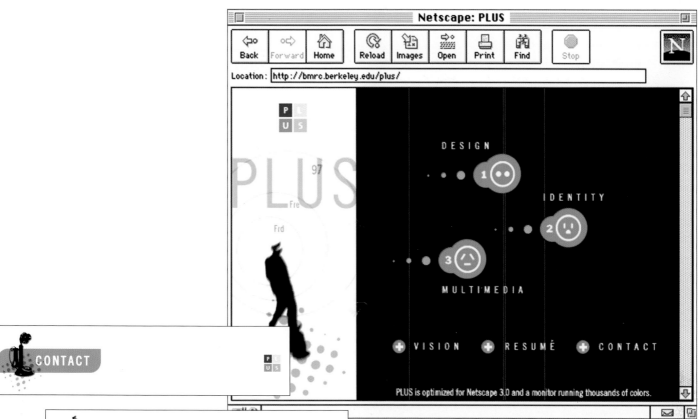

Plus 网站自我促销

设计公司	*Plus Design*
设计师	*Paul Lee*
摄影师	*Paul Lee*
策划人	*Paul Lee*

设计师 Paul Lee 在网站名字 Plus 下方使用了象征正电荷的视觉元素。圆点及圆边矩形等设计元素的使用，在增加趣味的同时，又使每一网页的标题变得一致。

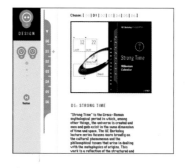

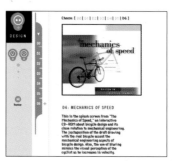

Disappearing Inc.'s Font Arsenal 网站

设计公司	Red#40
设计师	Jeff Prybolsky，Jason Lucas
图作者	Jeff Prybolsky，Jason Lucas
摄影师	Jason Lucas
策划人	Al McElrath，Jeff Prybolsky

这个网站推销的是纽约市的一家铸字工厂。在打开的屏幕上，一根点燃的导线被加在打字机元件上，这使它看起来像一个炸弹。其后的页面上则出现了更多炸弹、燃烧的图形及毒气鼓。出于应用的目的，"Font Dialer"允许网站访问者先浏览后订购。

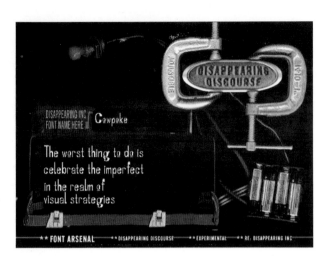

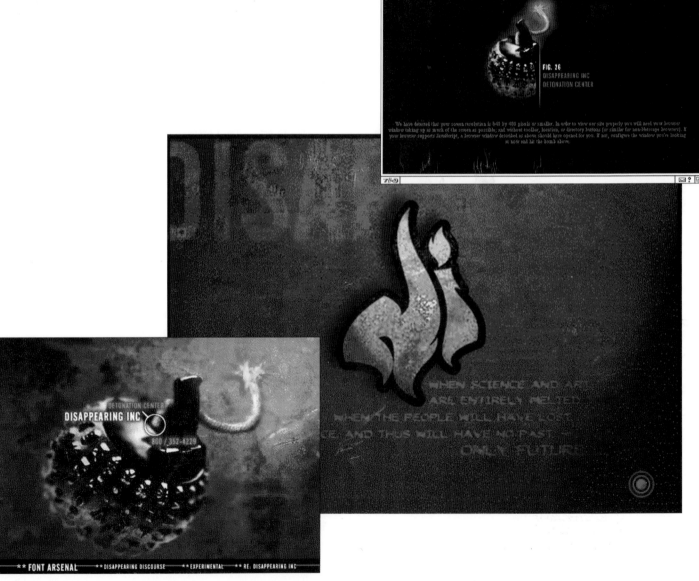

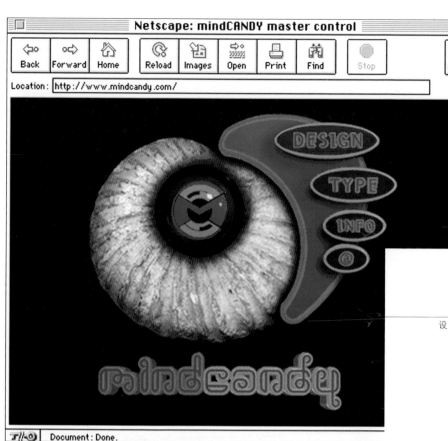

Back | Forward | Home | Reload | Images | Open | Print | Find | Stop

Location: http://www.mindcandy.com/

Document : Done.

Mindcandy 促销网站

设计公司   *MindCandy Design*
设计师   *Jeff Gillen*
图作者   *Fred Merkowski*
摄影师   *Tony Romano*
策划人   *Jeff Gillen*

Mindcandy设计室的网站使用了大胆的蓝色和红色以及少许泥土色来创造视觉魅力。这个站点提供有设计室艺术作品陈列馆、服务项目目录和一页订购单。

Sara Bailey 作品集网站

设计师 *Sara Bailey*

这位设计师的 "作品集" 网站以流行的在线设计项目、设计论坛以及一些她的学生的设计项目为特色。这个站点的设计并然有序。关键部分都用字体和很大的数字加以标示。

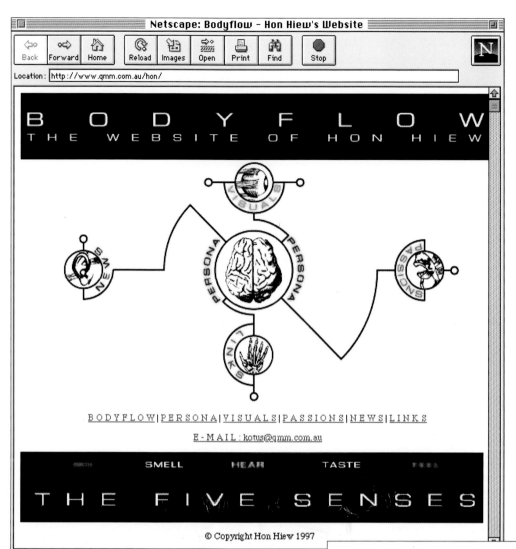

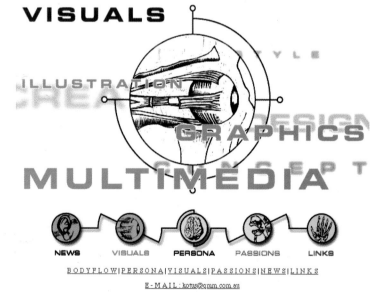

Bodyflow 作品集

设计公司 Q Multimedium
设计师 Hon Hiew

这个网站使用五种感官的图像暗喻其组成部分。每种感官都链接着设计师"作品集"网站的一块区域——听觉代表新闻部分，触觉代表链接内容，视觉代表"作品集"部分。网站每一栏目的起始画面都是某一感官的解剖图形。重复出现的色彩、字体处理和视觉元素统一了网站各个网页的风格。

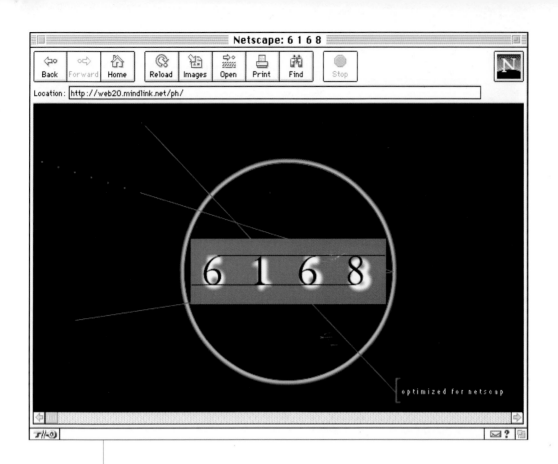

6168 在线艺术展览网站

设计公司 | *Mco Digital Productions*
设计师 | *Peter Horvath , Sharon Matarazzo*

6168 是一个在线的"现代文化艺术展览",展出现代艺术以及网站创始人 Peter Horvath 和 Sharon Matarazzo 的个人履历。Horvath 是摄影师,而 Matarazzo 则是多媒体设计师。网页使用单纯的视觉形态来吸引访问者,点击它将导向页面内容,访问者可以从这儿跳至展览页面或其他内容。

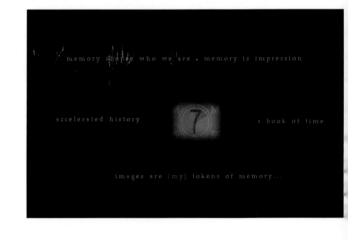

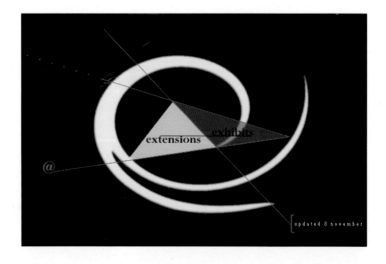

网站自我促销

设计公司 | The Planet
设计师 | Rasmus Keldorff, Mads Rydahl, Jacob Tekiela, Soren Ebbesen
图作者 | Mads Rydahl, Rasmus Keldorff
策划人 | Rasmus Keldorff, Xavier Pianet
摄影师 | Morten Moller

这种使用层叠标签的文件夹似的设计，使这个网站非常易于导航。清晰的字体，明亮的色彩，有趣的图形共同带给访问者浏览的乐趣。这个网站推销的是 The Planet 公司的艺术作品，它是由四位丹麦设计师组建的自由设计工作室。

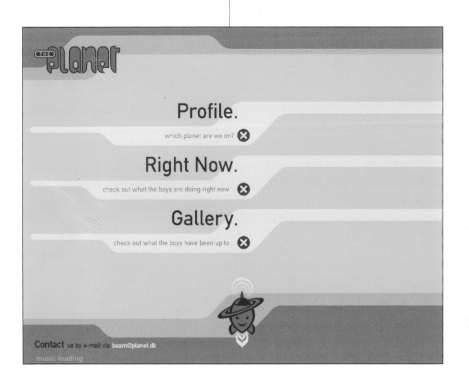

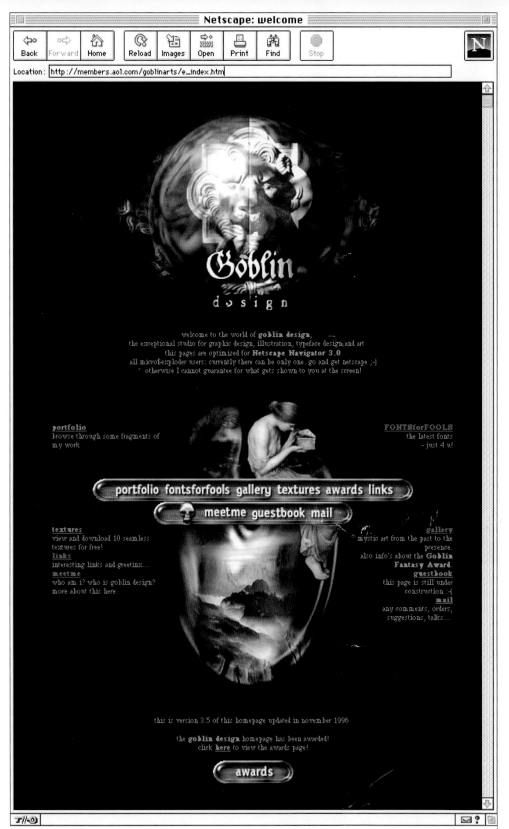

Back Forward Home Reload Images Open Print Find Stop

Location: http://members.aol.com/goblinarts/e_index.htm

Goblin
d e s i g n

welcome to the world of **goblin design**,
the exceptional studio for graphic design, illustration, typeface design and art
this pages are optimized for **Netscape Navigator 3.0**
all micro$exploder users: currently there can be only one. go and get netscape ;-)
otherwise I cannot guarantee for what gets shown to you at the screen!

portfolio
browse through some fragments of
my work

FONTSforFOOLS
the latest fonts
- just 4 u!

portfolio fontsforfools gallery textures awards links
meetme guestbook mail

textures
view and download 10 seamless
textures for free!
links
interesting links and greetinx...
meetme
who am i? who is goblin design?
more about this here.

gallery
mystic art from the past to the
presence.
also info's about the **Goblin
Fantasy Award**.
guestbook
this page is still under
construction :-(
mail
any comments, orders,
suggestions, talks...

this is version 3.5 of this homepage updated in november 1996

the **goblin design** homepage has been awarded!
click here to view the awards page!

awards

自我促销网站

设计公司 | *Goblin Design*
设计师 | *Silas Tobal*
图作者 | *Silas Tobal*

这个网站是设计师和插图作者 Silas Tobal 的促销站点。为了使他的网站从网络上其他设计师的作品集中脱颖而出，Tobal 提供可以下载的图形、字体、纹理，同时设置了幻想艺术画廊。为了减少访问者在找到内容之前所需浏览的网页数量，设计师在首页的上端做了一个浏览区域。

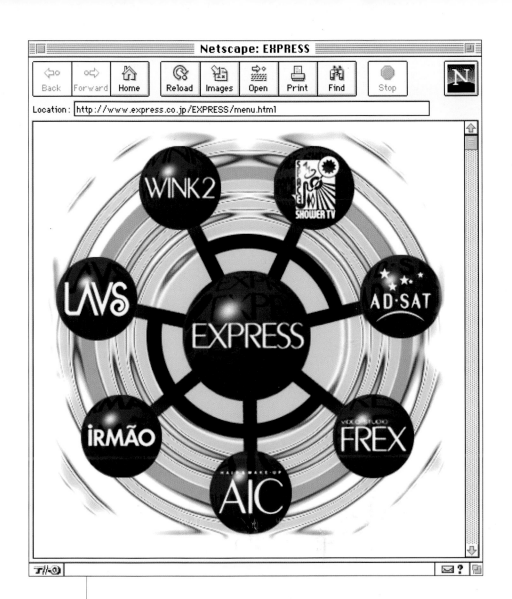

Location: http://www.express.co.jp/EXPRESS/menu.html

自我促销网站

设计公司	Express Co., Ltd.
设计师	Masayoshi Kimura

七个代表着与不同客户的链接的球体环绕着一个标有设计
公司名字的球体,这构成了一个酷似车轮的形象,球体上
的高光和背景上刻画的图形为平面的网页增加了立体感。
每个网页都使用了类似球体的形象,网站页面之间的连续
性由此产生。

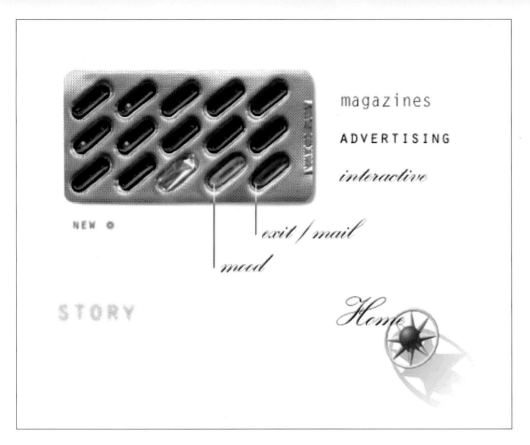

magazines

ADVERTISING

interactive

NEW ○

exit / mail

mood

STORY

Home

作品集网站

设计师 *Kristian Esser*
策划师 *Kristian Esser ，Chidi Onwuka*

网站上到处使用的迷你调色板使每一页面都可以迅速下
载。白色背景使得不同的浏览器可以保持同样的外观。目
录页面与设计师"作品集"页面相链接。

FOLLOW YOUR HEART AND
TRUST YOUR HEART
LISTEN TO IT AND
FEEL THE VIBE OF CREATIVITY
BUT IF YOU CAN'T TAKE IT ANYMORE
YOUR HEART NEEDS A PILL
AN INSPIRING ONE

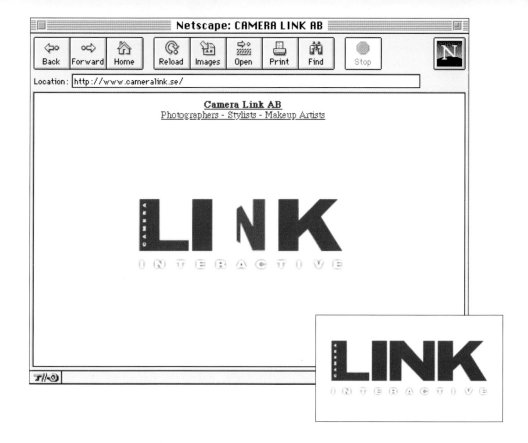

Camera Link AB 促销网站

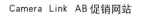

设计公司 *Robot*
设计师 *Raket／Robot*
程序员 *Jesper Weissglas*

Camera Link AB为每个需要高品质摄影的人提供资源。黑白色的形象，简单的排版，有限的视觉元素，使得网站最初的几页洁净而引人注目。当访问者在页面间浏览时，他们会看到彩色图形，链接以及能使他们找到特定图像的搜索引擎。

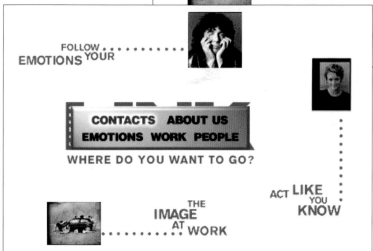

图书在版编目（CIP）数据

平面创意资源库／（美）雷尼·菲利普斯著；韩燕，马刚
译. –北京：中国轻工业出版社，2001.1
　ISBN 7–5019–3023–6

Ⅰ.平… Ⅱ.①雷… ②韩…③马…Ⅲ.平面–设计
Ⅳ.J06
中国版本图书馆 CIP 数据核字(2000)第 72948 号

责任编辑：张海容　崔笑梅　封面设计：张皓颖
责任终审：孟寿萱　　　　版式制作：张　成
责任校对：方　敏　　　　责任监印：崔　科

出版发行：中国轻工业出版社
　　　　　（北京东长安街6号，邮编：100740）
网　　址：http://www.chlip.com.cn
联系电话：010–65241695
印　　刷：深圳利丰雅高印刷有限公司
经　　销：各地新华书店
版　　次：2001 年1 月第1 版　2001 年1 月第1 次印刷
开　　本：889 × 1194　1/16　印张：72
字　　数：2304 千字
书　　号：ISBN 7–5019–3023–6/J·155
定　　价：576.00元（共12册），本册：48.00元
著作权合同登记　图字：01–2000–3298

·如发现图书残缺请直接与我社发行部联系调换·

●平面创意资源库·创新

●平面创意资源库·色彩

●平面创意资源库·摄影

●平面创意资源库·版式

●平面创意资源库·节省预算

●平面创意资源库·标识

●平面创意资源库·促销

●平面创意资源库·字体

●平面创意资源库·纸张

●平面创意资源库·印刷

●平面创意资源库·印前

●平面创意资源库·黑白与双色设计